2014 오늘의
좋은 동시

맹문재 · 서재환 · 박소명 엮음

임서진(금오초 2학년)

푸른사상
PRUNSASANG

홍유리(예산초 1학년)

2014 오늘의 좋은 동시

인쇄 2014년 3월 15일 | 발행 2014년 3월 20일

엮은이 · 맹문재 · 서재환 · 박소명 | 펴낸이 · 한봉숙 | 펴낸곳 · 푸른사상사
주간 · 맹문재 | 편집 · 지순이 | 교정 · 김재호, 김소영

등록 제2−2876호
주소 서울시 중구 충무로 29(초동) 아시아미디어타워 502호
대표전화 02) 2268−8706(7) 팩시밀리 02) 2268−8708
메일 prun21c@hanmail.net / prunsasang@naver.com
ⓒ2014, 맹문재 · 서재환 · 박소명

ISBN 979−11−308−0180−3 03810
 값 11,000원

2014 오늘의 좋은 동시

동시의 현실

최근 몇 년 사이 동시단이 많이 달라졌다. 작품의 양적 팽창과 질적 향상이 눈에 띄고, 동시를 쓰는 시인의 수가 증가하고, 새로운 시인들이 부상하고 있는 것이다. 동시 문학의 위상 또한 과거와는 달라진 느낌이다. 그러나 이러한 긍정적 변화에도 불구하고 '동시 소비자'를 생각하면 아쉬움이 크다. 동시의 1차적인 소비자가 어린이라고 했을 때 '과연 요즘 어린이들이 동시집을 얼마나 볼까?'를 생각하면 동시의 미래가 결코 밝지만은 않다. 그렇다고 시인들이 어쩌자는 것은 아니다. 다만 좋은 생산품을 소비해줄 환경이 만들어져야 한다는 것이다. 예컨대 초등학교 교과 과정이나 독서 교육 차원에서 동시가 적극적으로 다루어져야 하지 않겠느냐는 것이다.

지난해 각종 문예지에 참으로 많은 동시들이 발표되었다. 그중에서 69편을 『2014 오늘의 좋은 동시』로 선정하였다. 선정된 작품의 상황은 『동시마중』 15편, 『오늘의 동시문학』 11편, 『시와 동화』 12편, 『아동문학세상』 3편, 『어린이와 문학』 3편, 『열린아동문학』 3편, 『어린이책이야기』 4편, 『한올문학』 3편, 『아동문학평론』 4편, 『창비어린이』 3편, 『시와시』 3편, 『문학동네』 1편, 『새싹문학』 1편, 『아동문예』 1편, 『현대시학』 1편, 『시선』 1편 등이다.

작년과 마찬가지로 이번에도 좋은 작품을 선정하기 위해 20여 종이 넘는 문예지들을 꼼꼼하게 살펴보았다. 전체적으로 양적인 면에 비해 질적인 면은 작년만 못한 듯하다. 그러나 선정된 69편은 동시의 보편적인 덕목을 고루 갖춘 작품들로 볼 수 있다. 좋은 작품인데도 불구하고 선정에 들지 못한 경우도 있을 텐데, 이해를 바라며 내년에 함께하기를 기대한다.

2014년 2월
엮은이들

제1부

7

제4부

제1부

우리 동네 깎기 선수

강기화

꽁치 한 무더기 3500원
할머니는 잔돈 없다며 500원만 깎자 하고
아저씨는 다 팔아봐야 500원도 안 남는다며
봉지에 꽁치 한 마리 더 담는다.

할머니는 꼴랑 한 마리 더 담나, 소리치고
아저씨는 할매 목소리 쨍쨍한 거 보이
아직도 이팔청춘이라고 놀린다.

깎아달라는 꽁치 값은 안 깎아주고
돈 안 되는 나이만 팍팍 깎는다면서
할머니는 콧노래 흥얼거리며 돌아간다.

(동시마중, 1-2월호)

강서연(중앙초 5학년)

수상한 북어

강지인

새 집으로 이사 오는 날. 북어 한 마리 현관문 위에 매달고 가신 할머니. 두 다리 뻗고 주무신대요. 귀신 걱정 도둑 걱정 안 하신대요.

부릅뜬 북어의 눈이 감시카메라라도 되는 걸까요? 귀신이나 도둑이 들어오면 뾰족한 머리로 박치기라도 하는 걸까요? 그것도 아님 둘둘 감고 있는 저 실타래 속에 무전기라도 숨기고 있는 걸까요.

도대체 정체가 뭘까요? 아무래도 수상쩍은 북어 한 마리. 내 눈치 살피느라 감지도 못하는 저 눈. 시치미 떼느라 먼 산만 바라보는 저 눈 좀 보세요.

(동시마중, 3-4월호)

창문

권영상

나비들이
소 발자국에 고인
빗물에 모인다.

나비 날아간 뒤에
가보니
거기 하늘이 있다,
파란.

그쪽 하늘로 가는
창문인 줄 알았나 보다.

(시와 동화, 봄호)

가랑비

봄날의
가랑비는

가늘게
가늘게
쪼갠 가랑비

나뭇가지
새순 다칠라

조심조심
내리는
가랑비

신서연(금오초 1학년)

발 도장

권오삼

병원에서
쿡, 찍어준
아기 파란 발 도장
길이를 재어보니
7센티미터

우리 집에선
가장 작은 발이지만
도장으론 가장 큰 도장

발가락 열 개가
고구마 싹처럼
돋아 있다

(시와 동화, 가을호)

거름

김규학

아버지가
거름을 낸다.

퇴비에다 똥을 넣고
삽으로 삭삭
이리 비비고 저리 비빈
가름을
경운기에
싣고 나간다.

겨우내
보리가 먹고
마늘이 먹을 비빔밥이
냄새를 풍기며 간다.

새참처럼
들로 간다.

(시와 동화, 겨울호)

안 괜찮아, 야옹

김미혜

괜찮지?
고양이 목에 줄을 맸다

괜찮지?
고양이를 책상다리에 묶어놓았다

괜찮지?
물그릇과 밥그릇
그 사이를 오고 갈 수 있으니까

괜찮지?
모래화장실에 가서
오줌 누면 되니까
소파로 뛰어올라
낮잠 자면 되니까

괜찮지?
고양이한테 물어보지 않고

괜찮지?
나한테 물어보았다.

(오늘의 동시문학, 봄호)

정해린(예산초 1학년)

불꽃놀이

김미희

꽁지에 불붙은
올챙이들이

피융!
하늘로 올라가

퍼엉!
개구리로 변하더니

수많은 알을 낳고는
저 너머로 스러진다

(오늘의 동시문학, 가을호)

슈퍼 아저씨

김성민

지금은
슈퍼 아저씨
번개처럼 달리지 못하지

무거운 물건도
번쩍번쩍 들지 못하지

큰 마트와 싸워서 지고
슈퍼 문 닫은 그날부터
힘 쓰지 못하지,
초능력 잃은 슈퍼맨처럼

경비일 하는 요즘도
사람들은 아저씨를
슈퍼 아저씨
슈퍼 아저씨라 부르지

(동시마중, 3-4월호)

강연준(예산초 1학년)

23

여름 지구

김은영

산도 더워서
콸콸콸 쏟아지는
폭포 물을 마신다.

푸른 껍데기 속
빨갛게 익은 지구는
우주에 매달린
거대한 수박.

여름 지구를
우주 폭포 속에
동동 띄워놓고 싶다.

(동시마중, 9-10월호)

군수*

김이삭

바다 동네
군수님이 나타나셨다

별명이
달팽이, 바다토끼다

물은 맑은지
쓰레기는 없는지

오늘도 흐느적거리는 다리 끌고
바쁘게 다니신다

잠잠한 날 없는
물속 나라 돌아보느라
우리 군수님 하얗던 얼굴
새까맣게 타셨다

* 군수 : 군소의 강원도 사투리, 바다 생물

(시와 동화, 여름호)

물수제비

김자연

절편 같은 납작돌로
강물에
물수제비 뜬다.

바람 날개 빌려 입은 납작돌
얼씨구나,
강물에

키스
키스
키스

강물이 움찔움찔
산 그림자도 흔들흔들.

(오늘의 동시문학, 봄호)

아기개미

김종상

한 마리
먹이를 찾아

공사장
굴삭기 밑으로
발발발 기어가요

"앗! 개미다."

굴삭기가
하던 일을
딱, 멈추었어요.

(시와 동화, 겨울호)

대본 읽기

햇살 뿌연 회의실에 둘러앉아 대본을 읽는다.
오리털 파카를 입고 임금을 읽고
빨간 츄리닝을 입고 대감을 읽는다.
백정은 운동화를 신었고
며느리는 슬리퍼를 달랑거리고 있다
대사가 없는 노복은 문자를 보내고 있고
조연출은 읽는 사람들을 눈동자로 쫓아다닌다
공주는 계속 연필만 돌리고 있고
성질 급한 감독님은 지문을 읽다
배우들 대사도 따라 읽는다 더 큰소리로
중전이 읽으면 대궐이 된다
할아범이 읽으면 초가집이 되고
의원이 읽으면 약방이 되고
포졸이 고함치면 포도청이 된다
바람 불고 비 오고 눈 오고 세월 흐르고
말이 달리고 화살이 날아가고
영감이 죽고 아기가 나온다
그러나 바로 거기도 바로 그때도 바로 그 사람도 아니다
그저 한낮의 풍경이다

28 오늘의 좋은 동시

꽃무늬 신발

김하루

내 운동화 사러 시장 간 날,
신발가게 밖 진열대 앞에
쪼그려 앉은 엄마
꽃무늬 신발을 한참 만지작거렸다.

엄마가 신을 건 줄 알았는데
언제 깨나실 지 모르는
외할머니 침대 머리맡에
놓여 있다.

산책 나가잔 말 기다리다 잠든
점박이 강아지 두 마리 같다,
꽃무늬 신발 한 켤레.

(동시마중, 1–2월호)

이연우(7세)

땅따먹기

김현숙

할머니 입원하고
텅 빈 집

마당의 풀들
땅따먹기하며
놀고 있다

바랭이가 한 뼘
명아주가 두 뼘
질경이가 세 뼘

할머니 오시면
따먹은 땅
다 돌려줘야 될 텐데

어쩌나?

(어린이책이야기, 봄호)

3월의 남대천

남진원

고요하던 남대천이 개학날 같아졌다.

여기저기 몸을 서로 부딪치고 소란스러워졌다.

'조용히 해보세요.'
이런 내 말엔 들은 척도 안한다.

앞다퉈
입을 열고
내닫는다.

"야아, 봄이다! 봄이야!"

(오늘의 동시문학, 봄호)

제2부

낮은 문

남호섭

낮은 문으로 들어갈 때는
고개를 숙여야 한다.

당연한 얘긴데
나는 자꾸 머리를 부딪친다.

(동시마중, 9−10월호)

물수제비

문삼석

- 나,
  새 같니?

돌멩이가 파닥파닥!
강물 위를 힘겹게 뛰어갑니다.

- 저런!
  날개도 없이 어쩌려고…….

강물이 뽀그르르!
돌멩이를 받아 품에 안습니다.

(열린아동문학, 가을호)

김민지(예산초 1학년)

손잡고 싶다

문인수

바닷물은 전 세계로 다 통하지!
그래, 전라남도 해남 땅끝마을에 가서
땅끝마을 앞바다에 손 담가보고 싶다.

텔레비전에서 보았다.

아프리카 어느 아름다운 섬, 섬 아이들이 대낮에
파도, 파도를 붙잡으며 신나게 놀고 있었다.
잇바디 하얗게 웃고 있었다.

무엇이 그렇게 재미있지?
바다에 손 담그면 알 것 같다.

(동시마중, 7-8월호)

싹 3

박경용

봄 문턱의 훼방꾼은
샘바리* 새싹이다.

몸통은 숨긴 채
시새우는 눈초리들.

꽃샘도
바람 탓이 아니다.
저 샘바리들 탓이다.

* 샘바리 : 샘이 많아 안달하는 성질이 강한 사람.

(아동문학평론, 봄호)

펄럭펄럭

박두순

빨래들이
왜 펄럭이는 줄 아니?

좋아서!

햇볕이 좋아서
바람이 좋아서
함께 펄럭이는 거야.

우리도 그렇지
좋아하는 사람이 찾아오면
팔도 다리도 말도 눈빛도 펄럭이잖아
몸이 온통 펄럭이는 깃발이 되지.

깃발도 바람이 좋으면
마구 펄럭이잖아.

(시선, 가을호)

나비와 꽃

박방희

나비는
색을 가리지 않네.
그저 꽃이면 되네.

꽃도
나비를 가리지 않네.
그저 나비면 되네.

(아동문학세상, 가을호)

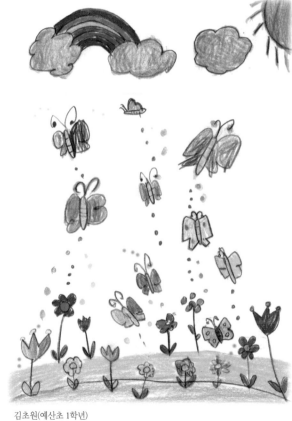

김초원(예산초 1학년)

용서

박선미

토요일
일요일
나를 기다리느라
어깨가 축 쳐진 나팔꽃

월요일 등교하자마자
물을 듬뿍 주었더니
첫째 시간 지나자
다시 살아났다.

지난 금요일
축구 시합 한다고
물 주는 거 잊어버린 나를
미워하지도 않고

뚜뚜따따
신나게
나팔 분다.

나를 용서해줬다.

(아동문학평론, 가을호)

비 오는 날

박성애

호수는 빗방울이 좋은가 봐
빗방울 하나 떨어지자 까르르 웃는다
빗방울 둘 떨어지자 까르르 까르르
셋, 넷 마구 떨어지자
떨어진 자리마다
동그라미 웃음이 퐁, 퐁, 퐁, 퐁
온 얼굴이 웃음판이다

호수는 간지럼쟁이 아기 같다.

(한올문학, 11월호)

지퍼와 단추

박승우

지퍼는
도로를 달려가듯
단숨에 달립니다

단추는
징검다리를 건너듯
한 발 한 발 건넙니다

지퍼와 단추,
가는 방법은 달라도
왼쪽과 오른쪽
손잡아주고 갑니다.

(오늘의 동시문학, 봄호)

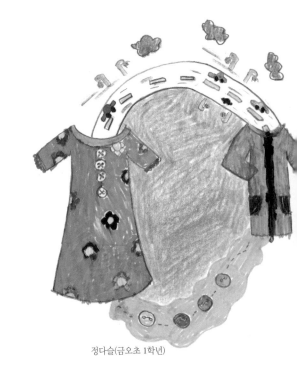

정다슬(금오초 1학년)

방물장수

박은경

방물장수 나비 아주머니
무얼 팔러 가시나

복사꽃한테는 연지를
옥잠화한테는 은비녀를
금낭화한테는 복주머니를

보자기를
묶었다가 풀었다가
묶었다가 풀었다가
나풀나풀 나풀나풀

방물장수 나비 아주머니
꽃마다 팔러 가시네

(어린이와 문학, 7월호)

중국 땅 밟고

박 일

중국에 붙어 있는 줄 알았는데
세계 지도 거꾸로 놓고 보니
대한민국
우리나라
중국 땅 밟고 서 있네.
어디로 가려는가?
일본 땅 밟고 건너뛰면
태,
평,
양…
그 바다가 꿈이었나!
발끝까지 힘을 주고 중국 위에 서 있네.

(시와 동화, 가을호)

밤은 충전기다

박정식

종일 열심히 일하다가
피곤해진 아빠

한 밤
푹 자고 일어나선

—아함! 충전 잘 됐다. 또 힘이 나는걸.

휘파람 불며
아침 일찍
일터로 나가신다.

해님도
늘
그러신다.

(아동문예, 7-8월호)

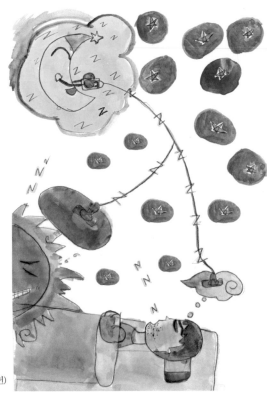

박삼은(금오초 3학년)

사이

박혜선

민서와 연수 사이
승희와 현지 사이
예나와 재희 사이
사이라는 말 참 좋다
그 사이에 꼭 끼어 있는 '와'도 좋다

민서와 연수
승희와 현지
예나와 재희
내가 '와'였어도 좋겠다

민서 나 연수
승희 나 현지
예나 나 재희

누구와 누구 사이
그 사이에 '와'처럼 끼지도 못하고
기웃기웃과 우물쭈물
힐끔힐끔과 쭈뼛쭈뼛
불안과 눈치 사이에서 혼자 서 있다.

(어린이책이야기, 봄호)

비닐봉지

서금복

할 일 다 하면 구겨진다
그래도 꿈을 꾼다

팔을 오므리고
발을 접고
딱지보다 작게 움츠리며
가방이 되는 꿈을 꾼다

비 맞은 종이 백이
푹 찢어질 때
무거운 거 참지 못한 종이끈이
뚝 끊어질 때

짠!
비닐봉지 나가신다

무거운 거 잘 들고
비 맞아도 씩씩한
비닐 가방 나가신다
길을 비켜라.

(아동문학평론, 봄호)

그만하길 다행이네

서정홍

개구쟁이 동생이
아궁이에서 불장난을 하다
한쪽 벽이 반쯤 탔는데도

그만하길 다행이네
사람이 안 다쳤으니

아버지가
논둑에서 뱀한테 물려
발이 퉁퉁 부었는데도

그만하길 다행이네
독이 온몸에 퍼지지 않았으니

우리 할머니는
어떤 일이 일어나도
그만하길 다행이네.

(동시마중, 9-10월호)

이준석(금오초 3학년)

밤새껏

성명진

해 진 후 느지막이
집으로 돌아온 어린 염소는
잠잘 기미가 없습니다.
무언가 말하고 싶어
옆의 것들을 자꾸 건드리지요.

혼자 언덕 너머로 갔다가
큰일 날 뻔 했지만
신기했던 일이 너무 생생하거든요.

(어린이책이야기, 봄호)

집에도 못 가고

성환희

"얘,

　얘,

　거긴 찻길이야."

아슬아슬 도로에서만 맴도는

비둘기 두 마리 때문에

초록불을 몇 번이나 놓치고 있다

내가 꼭 비둘기 엄마 같다

(시와시, 여름호)

제3부

내 친구 밋남홍
— 라오스에서

송선미

왓쯔 유어 네임?
마이 네임 이즈 선미. 왓쯔 유어 네임?
마이 네임 이즈 밋남홍

하니까

할 말이 없어졌다

그래서 둘이서
손잡고 걸었다
마주 보며 웃으며
함께 걸었다
땀 찬 손 얼른 닦고 손 바꿔 잡으며
우리 둘이 손잡고
함께 걸었다

(열린아동문학, 봄호)

버찌 먹고 오디 먹고

송진권

버찌 먹고 거짓말 못하지
안 먹었다고 거짓말 못하지
입술에 새카맣게 물들었는 걸
오디 먹고도 거짓말 못하지
안 먹었다고 거짓말 못하지
입안이 온통 보랏빛인 걸
손은 또 어떻구
버찌 먹고 오디 먹고는 거짓말하지 말자
어차피 다 들통 날 걸 뭐
나중에 똥 누면 다 나온다
참말만 하자

(시와 동화, 봄호)

이수인(구만초 2학년)

활자인간

신민규

ㅇ은 머리
ㅗ는 몸
ㅅ은 다리

옷은 사람이다
옷이 옷을 입는다
옷이 모자를 쓴다
옷이 홋이 된다
홋이 ㅏ를 든다
홧이 무릎을 꿇고 겨눈다
홧이 활이 된다

(창비어린이, 가을호)

돌돌돌돌, 끌가방

신현득

바퀴 달린 가방, 끌가방.
집에서, 출장 가는 아빠 따라
지하철로, 인천공항으로,
비행기에까지
돌돌돌 굴러 들어갔지요.

가방 속에는 내의와, 잠옷 두 벌,
세면 도구, 그리고 사진기, 영어 사전
엄마가 가방이 보는 데서 챙겨넣었죠.
가방이 잘 알아요.

뉴욕공항에 내려서도 구르는 끌가방.
회사 일로 여기저기, 아빠 일로
뉴욕 몇 바퀴 돌돌돌.

그리고 유럽 거쳐 돌아온
아빠의 끌가방.
집에 들어서며 인사말.
"세계 한 바퀴 돌돌, 돌고 왔어용!"

정서희(금오초 3학년)

(시와시, 겨울호)

이상한 평수

아빠가 힘들어져서
이사를 했다
40평에서 단칸방으로

아빠는 서재에서
엄마는 안방에서
오빠는 오빠 방에서
나는 내 방에서
늘 혼자였는데

이제 한방에서
다함께 지낸다.

평수는 줄었는데
집은 확 넓어졌다.

피리 속에 사는 새

오순택

피리 속엔
부리 고운 새가 산다

피리를 불면
갈색 부리 새가
한 마리씩 한 마리씩
음표를 물고 날아오른다

시골 할머니네 뒤꼍
대밭에서
휘익휘리리 휘익휘리리
휘파람을 불던
새 떼들

푸른 댓잎을 물고
방 안을 푸르르 푸르르 난다

(시와 동화, 여름호)

구연경(예산초 1학년)

호박꽃

오윤정

호박꽃도
가렵나?

꿀벌이
꽃 속에서

노란 귓밥
들고 나온다.

농부 말 잘 듣겠다.

(시와 동화, 여름호)

선생님 뻥!

오은영

형, 우리 선생님
오늘 뻥 쳤다.

정직해야 훌륭해진다고
뻥!
공부 잘해야 잘 산다고
뻥!
솔선수범해야 성공한다고
뻥!

일류대학 나온
우리 큰아빠
앞장서서
양심선언 했다가
지금, 집에서 놀잖아.

내 말 맞지?

(오늘의 동시문학, 봄호)

궁금하다

오한나

새야
어떻게 동그란 노래가 나오니?
뾰족한 부리에서

호을 호로롯
호을 호로롯

새야
어떻게 부드러운 소리가 나오니?
딱딱한 부리에서

재잴 잴잴잴
재잴 잴잴잴

(오늘의 동시문학, 봄호)

이지효(금오초 3학년)

봄날

유미희

선방 앞
댓돌 위에
흰 고무신 한 켤레

언제 나올까
스님만
기다리는데

자목련 꽃잎이 나폴나폴 와서
작고 둥근 발로
신어보고 있다.

툇마루에 앉아
꼭 맞나 안 맞나 봐주며
배시시 웃는

아침
햇살.

(오늘의 동시문학, 봄호)

밥솥 여행

윤미경

"취사가 시작됩니다"
버튼을 누르면
깨끗이 씻은 쌀알들의
여행이 시작된다

'보글보글' 역을 지나고
'칙칙칙칙' 역을 지나고
'뱅글뱅글' 역을 지나면
마침내, 치-익
"취사가 완성되었습니다"
종착역에 닿는다

여행을 마친
쌀들이 밥이 되었다
어느새
끈끈한 사이가 되었다

(오늘의 동시문학, 여름호)

김채언(예산초 1학년)

고물 삽니다

윤삼현

마당 한켠
헌 신문지 묶음이
움칠

창고 속
헌 병들이
귀를 쫑긋

쌓아둔
종이 상자가
눈을 와짝

컹, 컹, 컹!
바둑이까지 초긴장

골목 끝에서 들려오는
"고물 삽니다"

(오늘의 동시문학, 봄호)

글자의 힘

윤일호

냄새가 나는 것도 아닌데
똥이라는 글자만 봐도
코를 막고 킥킥거리네.

배가 고픈 것도 아닌데
밥이라는 글자만 봐도
뱃속에서 꼬르륵하네.

공부를 하는 것도 아닌데
책이라는 글자만 봐도
머리가 지끈거리네.

(동시마중, 3-4월호)

임서진(금오초 2학년)

똥간의 말

너는 맛있는 밥을 먹고
더러운 똥을 싸지?

나는 더러운 똥을 먹고
맛있는 거름을 싼다

(현대시학, 4월호)

휘청!

이상교

새 한 마리
가느다란 나뭇가지에
내려와 앉는다.

반가워!
휘청 –

반가움도 잠시,
앉아 있던 새 한 마리
훌쩍 날아오른다.

휘이청 –

서운한 나뭇가지가
좀 더 오래
출렁인다.

(시와 동화, 가을호)

하정현(예산초 1학년)

봉숭아 편지

이 안

전주 한옥마을에서 받아온 봉숭아 씨앗을
올봄,
집 앞 화단에 심었더니

여름내 하양 분홍 빨강
편지지 꺼내
전주의 벌과 나비에게
편지를 쓰네.

야들아, 나 충주로 이사힜는디
봉투에 적은 주소로다 한번 와줬으면 좋겠다 잉*

손톱에 받아쓴 봉숭아 편지 전해주러
나 이번 주말 전주에 간다.

* 전주 말은 유강희 시인의 도움을 받았다.

(동시마중, 9-10월호)

아니다 놀이

이장근

책상은 책상이 아니다
그럼, 무엇?
스케치북이다
내가 그림을 그리고 있으니까

선생님은 선생님이 아니다
그럼, 무엇?
공포영화 괴물이다
눈 부릅뜨고 콧바람 펑펑 내며 내게 소리를 지르고 있으니까

나는 내가 아니다
그럼, 무엇?
지우개다
애써 그린 그림을 지우고 있으니까

그러나
지우개는 지우개가 아니다
그럼, 무엇?
연필이다
지우면서 그리고 있으니까

(동시마중, 9-10월호)

김지수,김정수 쌍둥이(예산초 1학년)

생강밭 하느님

이정록

담임 선생님은,
공부 시간에 엎드려 자는 애들에게
"하느님이 깔고 앉은 놈들!"이라고 한다.

요즈음,
우리 동네 생강밭에는
아주머니들이 한가득 엎드려 일하신다.

도르래 삐걱삐걱,
생각 굴에 생각 포대를 내리고,
늦은 밤 방바닥에 엎드려 일기를 쓴다.
−하느님이 깔고 앉아서 납작해진 아줌마들이 생강을 캔다.

일기 끄트머리에
선생님이 빨간 글씨 써놓았다.
−그건, 어머님들이 하느님을 업어주는 거란다.

(창비어린이, 봄호)

제4부

부모님 동의서

이준식

학교에서 축구선수를
뽑는다고 해
부모님 동의서를
아버지한테 드렸다.

대뜸

"이놈아, 박지성이처럼 되는 게
쉬운 줄 아냐."
하신다.

나는 박지성 선수처럼
되고 싶다고 생각해 본 적이 없다.

그냥 축구가 좋아서
나, 김윤기로 뛰고 싶을 뿐이다.

(어린이와 문학, 3월호)

인도훈(구만초 4학년)

어른 재롱

장세정

시골 마을에 아기가 태어났다

마을회관 앞에 나온 유모차 주위로

사람들 동그랗게 모였다

아기가 까륵 웃으면

동그라미도 와! 따라 웃는다

방송 마친 이장님도

나이 많은 병천 할매도

까르르 까꿍 워러러 까꿍

손짓 몸짓 열심인데

아기는 눈만 말똥!

어른 재롱둥이들만 신났다

(어린이책이야기, 2013. 봄호)

이야기 꽃밭

장옥관

큰형님 티브이가 꺼지자
온 집안이 갑자기 조용해졌어요

숨 참고 있던 냉장고가 가래 끓는 소리를 냈어요 수도꼭지에
매달렸던 물방울이 힘차게 뛰어내렸어요 벽 속에 갇혀 있던 뻐꾸
기가 튀어나왔어요 손깍지를 꽉 끼고 있던 농짝이 팔 뻗어 기지
개를 켰어요

작은 소리들이 모두 모여
소곤소곤
이야기 꽃밭을 만들었어요

(시와 동화, 여름호)

최현호(중앙초 1학년)

숨은 얼굴 찾기

장지현

찌그러진 개밥그릇에
나비가 앉고
꽃잎이 앉고
메뚜기가 앉고
나뭇잎이 앉고……
저마다 쪼르르
아는 체하고 가는 걸 보면

맞아, 맞아
개밥그릇은
찌그러진 게 아닌 거야.
찡긋 윙크하고 있는 거야.

(한올문학, 6-7월호)

꽃향기

전명희

꽃의 아기는 누구일까요?
- 보드라운 잎사귀요!
- 단단한 열매요!
아니, 아니에요
꿀벌이에요

꿀벌이 꽃 품에 안겨 뒹굴뒹굴 놀고 있는 걸 보았거든요
엄마, 쭈쭈 하고 젖 먹는 걸 보았거든요
먹고는 횡하니 놀러 나갔다가 배고프면 다시 와서
얼굴에도 머리에도 발가락에도
밥풀 여기저기 붙인 채로 냠냠냠, 맛있다고 먹는 꿀벌 말이에요

엄마들은 아가가 보챌 때마다 심하게 재채기를 한답니다
그럴 때!
꽃향기가 나는 거예요

(동시마중, 1-2월호)

물길 따라서

정두리

물은 떠나온 곳
되돌아갈 생각은
할 줄 모른다

지난여름
발을 담그고 둥당이던
계곡 물

우리 집 앞
물오리가 짝지어 놀던
살얼음 낀
개천의 물

어디서건
물은 멈추지 않으려고
흘러간다

그렇지만
엇길로 가면 안 돼
물길 찾아 가야 해.

(오늘의 동시문학, 봄호)

겨리를 끌고

정은미

두 마리의 소가
겨리*를 끌고 흙을 일굽니다.

앞발, 뒷발
앞발, 뒷발

천천히
천천히

누가
구령 붙이는 것도 아닌데

두 마리의 소,
한 마음으로 일합니다.

옆에서 보던 송아지도
앞발, 뒷발
따라합니다.

* 겨리 : 소 두 마리가 끄는 쟁기

(새싹문학, 봄치)

봄 길목

조두현

"야, 온다! 호롱호롱"
"어디? 정말! 호로롱"
키 큰 나무 꼭대기에서
봄을 맞는 산새들.
목소리 한껏 높이는
날갯짓이 바쁘다.

놀이터에 하나둘씩
몰려드는 아이들.
겨우내 갇힌 이야기
폭포처럼 쏟아낸다.
걸음마 갓 뗀 아가도
엄마 손 잡고 아장아장.

(아동문학세상, 봄호)

원래 그런 녀석

조하연

원래 그런 녀석이
숙제를 해가면
'별일인 녀석'이 되었다

원래 그런 녀석이
축구를 잘하면
'어쭈! 잘하는 것도 있어'가 되었다

원래 그런 녀석이
삐끗 실수라도 하면
금세
'그럼 그렇지!'가 되었다

(동시마중, 7-8월호)

쇠똥구리의 생활계획표

주미경

나는
시간을 조각조각 잘라놓고
그 틈에 끼어
학원 가고
밥 먹고
학원 갑니다

쇠똥구리는
시간을 둥글둥글 뭉쳐놓고
해 지는 줄 모르고
데굴데굴
맘껏
굴립니다.

(어린이와 문학, 11월호)

이정운(금오초 2학년)

첫 나들이

진복희

그딴 거
난 안 한다.
손사래치던 할머니.

문자를 날리셨다.
"우리강아지잘있능겨?"

젤 먼저
내 문자방으로
첫 나들이 오셨다.

내 비밀 다 묻어주는
왕대밭인 할머니께

미주알고주알
할 말은 뭉게구름.

그래도
오늘만은 딱 한 줄
"울할매 쨩! 사랑해요!!"

(아동문학세상, 봄호)

줄서기

최명란

시루의 콩나물
아무리 빽빽하게 비좁아도
배짱 좋은 놈은 누워 있다

(아동문학평론, 여름호)

차가운 아파트

최수진

냉장고는

음식들이 사는 아파트

차가운 동네

서로 말이 없어요

1층에는 배추머리 아줌마

2층에는 동그란 사과 언니

3층에는 홍시 아저씨

옆에 떡 아줌마가 이사 왔는데

서로 친해요

근데 서로 꼭 옆에 붙어서도

말이 없어요

차가운 동네에요

(동시마중, 5-6월호)

추수연(예산초 1학년)

삽살개처럼

가방 메고
댓돌 내려서면

살며시
다가와 안기는
연분홍 눈동자

멀어지는
발자국 소리
듣겠다고

가지마다
쫑긋거리는
수백의 귀

학교에서
돌아오면
그새 보고 싶었다고

살랑살랑 꼬리 흔들며

삽짝 넘어

마중 나온

살구꽃

향기

펄쩍

뛰어오르며

코끝을 핥는다.

(시와시, 가을호)

바퀴벌레

한혜영

맨 처음
바퀴벌레랑 마주쳤던 인류는
여자였을 거야.
우리 엄마나 누나처럼
소리부터 꺅!
질러댔을 겁쟁이였을 거야.
'덩치만 컸지 인간도 별거 아니네'
바퀴벌레는 이때부터
겁쟁이랑
한 부엌을 썼을 거야.
우리 아빠나 삼촌처럼
용감한 남자를 먼저 봤으면
인간하고 한집에서 살 생각은
감히 못했을 텐데.

(시와 동화, 봄호)

강승모(예산초 3학년)

모과나무

함기석

까불지 마라
우리 집 대문가의 모과나무는
울퉁불퉁한 주먹이 오십 개나 달린
권투선수다

힘껏 움켜쥔 주먹으로
퍽퍽 팍팍
찬바람과 권투를 한다

저것 봐라
해님도 한 대 얻어맞고 뻘겋게 코피 터져서
서쪽으로 도망간다

저녁마다
서쪽 하늘이 붉게 물드는 건 다
우리 집 모과나무 때문이다
오십 개의 주먹 때문이다

(문학동네, 여름호)

그림자

함민복

얼굴이 까만
동남아 노동자들이
지나간다

몸매가 다르다
말이 다르다
풍기는 냄새가 다르다

일하다 다쳤는지
손에 붕대를 감고
병원 쪽으로 간다

태양은 동남아 사람들도
우리들과 똑같은 마음으로 만나주는지
그림자가 같다

(창비어린이, 여름호)

강기화

2010년 창주문학상을 수상하면서 작품 활동을 시작했습니다.

강지인

2004년 『아동문예』 신인상, 2007년 '황금펜 아동문학상'(동시부문)을 수상하면서 작품 활동을 시작했습니다. 작품집 『할머니 무릎 펴지는 날』이 있습니다.

권영상

『강원일보』 신춘문예와 『한국문학』을 통해 등단했습니다. 동시집 『구방아, 목욕가자』 『엄마와 털실뭉치』 등이 있습니다. 현재 칼럼니스트로 활동하고 있습니다.

권영세·

1980년 『아동문학평론』에서 동시 추천 완료, '창주문학상' 동시 당선, 1981년 『월간문학』 신인작품상에서 동시가 당선되어 등단했습니다. 동시집 『겨울풍뎅이』, 『탱자나무와 굴뚝새』 등이 있습니다.

권오삼

1975년 『월간문학』 신인상, 1976년 『소년중앙』 문학상에 당선되면서 작품 활동을 시작했습니다. 동시집 『고양이가 내 뱃속에서』, 『도토리나무가 부르는 슬픈 노래』 『똥 찾아가세요』 『진짜랑 깨』 등이 있습니다.

김규학

2010년 천강문학상, 2011년 불교문학상을 수상하면서 작품 활동을 시작했습니다. 동시집 『털실뭉치』가 있습니다.

김미혜

2000년 『아동문학평론』으로 등단했습니다. 동시집 『아기 까치의 우산』, 『아빠를 딱 하루만』, 『돌로 지은 절 석굴암』, 『분홍 토끼의 추석』 등이 있습니다.

김미희

2002년 『한국일보』 신춘문예로 등단했습니다. 동시집 『달님도 인터넷해요』 『네 잎 클로버 찾기』 『동시는 똑똑해』, 청소년시집 『외계인에게 로션을 발라주다』가 있습니다.

김성민

2011년 『대구문학』에서 신인상, 2012년 제4회 창비어린이 신인문학상에 당선되면서 작품 활동을 시작했습니다. 현재 카피라이터로 활동하고 있습니다.

김은영

1989년 『동아일보』 신춘문예로 등단했습니다. 동시집 『빼앗긴 이름 한 글자』 『김치를 싫어하는 아이들아』 『아니, 방귀 뽕나무』 『ㄹ 받침 한 글자』 『선생님을 이긴 날』 등이 있습니다. 지금은 경기도 남양주의 작은 초등학교에서 아이들과 함께 생활 중입니다.

김이삭

제9회 『푸른문학상』 수상, 2005년 『시와 시학』에 시가 당선되면서 작품 활동을 시작했습니다. 2008년 『경남신문』 신춘문예와 2010년 기독신춘문예에 동화가 당선되었습니다. 동시집 『바이킹 식당』이 있습니다.

김자연

1985년 『아동문학평론』 신인문학상, 1997년 전북아동문학상을 수상하고, 2000년 『한국일보』 신춘문예 당선으로 등단했습니다. 동시집 『감기 걸린 하늘』, 동화집 『항아리의 노래』 『새가되고 싶은 할머니』 등이 있으며 2013년 동화집 『항아리의 노래』가 미국에서 *A song of pots*로 번역 출간되었습니다.

김종상

1960년 『서울신문』 신춘문예에 동시 「산 위에서 보면」이 당선되어 등단했습니다. 동시집 『흙손엄마』 등과 동화집 『재주 많은 왕자』 등이 있습니다. 한국문협과 국제펜한국본부 고문이며 문학신문 주필입니다.

김창완

에세이 『집에 가는 길』, 산문집 『이제야 보이네』, 환상스토리 『사일런트 머신 길자』 등이 있습니다.

김하루

그림책 『학교 처음 가는 날』과 동화 『한국 아이+태국 아이, 한태』 『소원을 이뤄주는 황금 올빼미 꿈표』가 있으며, 김숙이라는 필명으로 『언제까지나 너를 사랑해』, 『100층짜리 집』, 『날지 못하는 반딧불이』 등 30여 권의 어린이 책을 우리말로 옮겼습니다. 1999년 『문학동네』 신인상을 받았으며, 소설집 『그 여자의 가위』가 있습니다.

김현숙

2005년 『아동문예』로 등단했습니다.

남진원

1977년 『아동문예』에 동시가 추천되어 등단했습니다. 동시집 『싸리울』, 『할아버지 이 뽑기』, 『톨스토이 태교동시』 등이 있습니다.

남호섭

1992년 『민음동화』로 등단했습니다. 동시집 『타임캡슐 속의 필통』, 『놀아요 선생님』, 『벌에 쏘였다』 등이 있습니다.

문삼석

1963년 『조선일보』 신춘문예에 동시가 당선되어 등단했습니다. 동시집 『산골 물』, 『이 슬』, 『바람과 빈 병』, 『우산 속』, 『있지롱!』 등이 있습니다. 현재 한국아동문학인협회 고문으로 있습니다.

문인수

1985년 『심상』으로 등단했습니다. 시집 『늪이 늪에 젖듯이』, 『세상 모든 길은 집으로 간다』, 『적막 소리』, 『그립다는 말의 긴 팔』 등과 동시집 『염소똥은 똥그랗다』가 있습니다. 한국작가회의, 대구시인협회 회원이며 제8대 대구시인협회장을 역임했습니다.

박경용

1958년 『동아일보』 및 『한국일보』 신춘문예로 등단했습니다. 동시집 『어른에겐 어려운 시』, 『별 총총 초가집 총총』, 『낯선 까닭』, 『바다랑 나랑 갯마을이랑』, 『호호 후후 불어 주면』 등이 있습니다.

박두순

1977년 『아동문학평론』 동시 신인상, 『자유문학』 시부 신인상에 당선되어 등단했습니다. 동시집 『나도 별이다』, 『들꽃』 등과 시집 『행복 강의』 등이 있습니다. 현재 국제PEN한국본부, 계간지 『오늘의 동시문학』 주간으로 있습니다.

박방희

1985년 무크지 『일꾼의 땅』과 『민의』, 『실천문학』 등에 시를 발표하며 등단했습니다. 2001년 『아동문학평론』에 동화, 『아동문예』에 동시가 당선되었습니다. 동시집 『참새의 한자 공부』, 『쩌렁쩌렁 청개구리』, 『날아오른 발자국』, 『우리 집은 왕국』 등이 있습니다.

박선미

1999년 부산아동문학 동시부문 신인상, 창주문학상을 수상하여 등단했습니다. 동시집 『지금은 공사 중』, 『불법주차한 내 엉덩이』가 있습니다. 현재 부산 연산초등학교 수석교사로 있습니다.

박성애

1998년 월간 『문예사조』 시 부문 신인상, 2007년 계간 『시조시학』 시조 신인상을 수상하여 등단했습니다. 시집 『새, 백악기의 꿈』이 있습니다. 현재 담양문인협회 회장으로 있습니다.

박승우

2007년 『매일신문』 신춘문예에 동시가 당선되어 등단했습니다. 동시집 『백 점 맞은 연못』이 있습니다.

박은경

2011년 『어린이와 문학』에서 동시가 추천 완료되어 등단했습니다.

박 일

1979년 『아동문예』로 작품 활동을 시작했습니다. 동시집 『나를 키운 바다』 외 9권이 있습니다. 현재 '아름다운 동시교실'을 운영하면서 글쓰기 재능을 나누고 있습니다.

박정식

1991년 『아동문예』로 작품 활동을 시작했습니다. 동시집 『숨바꼭질』, 『형형색색』 등이 있습니다.

박혜선

동시집 『개구리 동네 게시판』, 『텔레비전은 무죄』, 『위풍당당 박한별』 등이 있으며 새벗문학상, 연필시문학상, 한국아동문학상 등을 수상했습니다.

서금복

2001년 『아동문학연구』에 동시가 당선되어 작품 활동을 시작했습니다. 동시집 『할머니가 웃으실 때』 『우리 동네에서는』 등이 있습니다.

서정홍

마창노련문학상(1990년), 전태일문학상(1992년), 우리나라 좋은 동시문학상(2009년), 서덕출문학상(2013년)을 수상했습니다. 동시집 『윗몸일으키기』 『우리 집 밥상』 『닳지 않는 손』 『나는 못난이』 등이 있습니다.

성명진

1990년 『전남일보』 신춘문예에 당선되고, 1993년 『현대문학』 추천을 받고 등단했습니다. 동시집 『축구부에 들고 싶다』가 있습니다.

성환희

2002년 『아동문예』 동시부문 신인문학상을 받아 등단했습니다. 동시집 『궁금한 길』이 있습니다.

송선미

『동시마중』 6호로 등단했습니다.

송진권

2004년 『창작과 비평』으로 등단했습니다. 시집 『자라는 돌』이 있습니다.

신민규

2011년 『동시마중』 5호로 등단했습니다.

신현득

1959년 『조선일보』 신춘문예 동시부에 입선하여 등단했습니다. 동시집 『아기눈』 『고구려의 아이들』 『세종대왕 세수하세요』 등이 있습니다.

안오일

2007년 『전남일보』 신춘문예 시로 등단했습니다. 시집 『화려한 반란』, 청소년시집 『그래도 괜찮아』, 동시집 『사랑하니까』 등이 있습니다.

오순택

1966년 『시문학』 『현대시학』에 시 추천을 받아 등단했습니다. 동시집 『풀벌레소리 바구니에 담다』 『까치야 까치야』 『아기 염소가 웃는 까닭』 『공룡이 뚜벅뚜벅』 『바퀴를 보면 굴리고 싶다』 등이 있습니다. 현재 계몽아동문학회 회장으로 있습니다.

오윤정

2009년 『아동문학평론』으로 등단했습니다. 현재 방과후 동화구연 강사, 시·구립도서관 동화구연 강사로 활동하고 있습니다.

오은영

1999년 『조선일보』 신춘문예 동시로 등단했습니다. 동시집 『우산 쓴 지렁이』 『넌 그럴 때 없니?』 『생각 중이다』, 동화책 『맘대로 아빠 맘대로 아들』 『동구 똥꾸』 『멋진 아이들』 등이 있습니다. 현재 국민대 문예창작대학원 강사로 있습니다.

오한나

2006년 『화백문학』으로 작품 활동을 시작했습니다. 현재 방과후학교 독서논술강사로 활동하고 있습니다.

유미희

1998년 『자유문학』 청소년시 부문 신인상, 2000년 『아동문예』 동시 부문으로 등단했습니다. 동시집 『고시랑거리는 개구리』 『내 맘도 모르는 게』 『짝꿍이 다 봤대요』 등이 있습니다.

윤미경

2011년 『오늘의 동시문학』 신인상으로 등단했습니다.

윤삼현

1983년 『동아일보』 신춘문예 동시에 당선되어 등단되었습니다. 동시집 『겨울새』 등, 동화집 『눈사람과 사형수』 등이 있습니다. 현재 광주 문산초등학교 수석교사로 있습니다.

윤일호

2009년 『어린이문학』에 작품을 발표하며 등단했습니다.

이대흠

1994년 『창작과 비평』을 통해 작품 활동을 시작했습니다. 시집 『귀가 서럽다』 『물 속의

불」 등, 장편소설 『청앵』, 산문집 『이름만 이뻬면 머한다요』 『그리운 사람은 기차를 타고 온다』 등이 있습니다.

이상교

1973년 『소년』에 동시가 추천 완료되고, 1974년 『조선일보』 신춘문예에 동시 부문 입선으로 등단했습니다. 동시집으로는 『먼지야, 자니?』 『좀이 쑤신다』 등, 동화집 『댕기 땡기』 『처음 받은 상장』 등이 있습니다. 한국동시문학회 회장과 한국아동문학인협회 부회장을 역임했습니다.

이 안

1999년 『실천문학』 시 부문 신인상으로 등단했습니다. 시집 『목마른 우물의 날들』 『치워라, 꽃!』, 동시집 『고양이와 통한 날』 『고양이의 탄생』이 있습니다. 현재 『동시마중』 편집위원으로 있습니다.

이장근

2008년 『매일신문』 신춘문예 시 부문, 2010년 제8회 푸른문학상 '새로운 시인상' 동시 부문으로 등단했습니다. 시집 『꿘투』, 동시집 『바다는 왜 바다일까?』, 청소년시집 『악어에게 물린 날』 『나는 지금 꽃이다』 등이 있습니다.

이정록

1993년 『동아일보』 신춘문예에 시가 당선되어 등단했습니다. 동시집 『콧구멍만 바쁘다』 『저 많이 컸죠』, 동화 『귀신골 송사리』 『십 원짜리 똥탑』 등이 있습니다.

이준식

2010년 월간 『어린이와 문학』으로 등단했습니다. 현재 울산 웅촌초등학교에서 일하고 있습니다.

장세정

2006년 『어린이와 문학』에서 동시로 추천 완료하여 등단했습니다.

장옥관

1987년 『세계의 문학』으로 등단했습니다. 시집 『황금 연못』 『바퀴소리를 듣는다』 『하늘 우물』 『달과 뱀과 짧은 이야기』 『그 겨울 나는 북벽에서 살았다』, 동시집 『내 배꼽을 만져보았다』 등이 있습니다. 현재 계명대 문예창작학과 교수로 있습니다.

장지현

2003년 『문학세계』와 2006년 『오늘의 동시문학』으로 등단했습니다. 현재 프리랜서 일러스트레이터로 활동하고 있습니다.

전명희

2009년 『경남신문』 신춘문예 수필 부문 당선, 2010년 『동시마중』으로 등단했습니다.

정두리

1982년 『한국문학』 신인상, 『동아일보』 신춘문예에 당선되어 등단했습니다. 동시집 『꿀맛』 등이 있습니다. 현재 국제펜클럽 한국본부 자문위원, 새싹회 이사, 여성문학인회 이사로 있습니다.

정은미

1999년 『아동문학연구』와 2000년 『아동문예』에 동시가 당선되어 등단했습니다. 동시집 『마르지 않는 꽃향기』 등이 있습니다.

조두현

2002년 『아동문학평론』 신인상에 동시가 당선되어 등단했습니다. 동시집 『어디서 봤더라?』 『달콤한 내 꿀단지』가 있습니다. 현재 한국4-H본부 기획 홍보부장으로 있습니다

조하연

2005년 『오늘의 동시문학』으로 등단했습니다. 동시집 『하마비누』가 있습니다. 현재 '배꼽 빠지는 도서관' 관장으로 있습니다.

주미경

2010년 『어린이와 문학』에서 추천을 받고, 2012년 『부산일보』 신춘문예에 동시가 당선되어 등단했습니다.

진복희

1968년 『시조문학』으로 등단했습니다. 시조집 『불빛』, 동시조집 『햇살잔치』 『별표 아빠』 등이 있습니다.

최명란

2005년 『조선일보』 신춘문예에 동시, 2006년 『문화일보』 신춘문예에 시가 당선되어 등단했습니다. 동시집 『하늘天 따地』 『수박씨』 『알지 알지 다 알知』 『바다가 海海 웃네』,

시집 『쓰러지는 법을 배운다』 『명랑생각』 등이 있습니다.

최수진

2010년 『한국일보』 신춘문예에 동시가, 2013년 『아동문학평론』 동화가 당선되어 등단했습니다. 글그림책 『꼬마철학자 뽀글이 명아』가 있습니다.

하 빈

2011년 『아동문예』 동시 부문을 통해 작품 활동을 시작했습니다. 동시집 『수업 끝』이 있습니다. 현재 '디자인 현민'을 운영하고 있습니다.

한혜영

1989년 『아동문학연구』에 동시조가 당선되어 작품 활동을 시작했습니다. 동시집 『닭장 옆 탱자나무』, 장편동화 『팽이꽃』, 『뉴욕으로는 가는 기차』 등이 있습니다.

함기석

1992년 『작가세계』로 등단했습니다. 동시집 『숫자 벌레』, 동화 『상상력 학교』 『코도둑 비밀탐정대』 등이 있습니다.

함민복

1988년 『세계의 문학』으로 등단했습니다. 시집 『바닷물 에고, 짜다』 『눈물을 자르는 눈꺼풀처럼』 『말랑말랑한 힘』 등이 있습니다.